KB198343

안녕!

우린 카로, 그리고 클라로 클리커야.
우리랑 제일 친한 친구는 윤활유 마시는 걸 진짜 좋아해.
이 친구의 이름은 톰 터보, 세상에서 가장 멋진 자전거야.
우리가 톰 터보를 구상하고 만들었지.
따라와!

나는 클라로야.
원래 이름은 콘스탄틴 클리커지.
낡은 기구들을 분해해서 내가 직접
생각해 낸, 새 기구 만드는 것을 좋아해.
톰을 만드는 데 공이 더 커서
탐정단의 대장이 되었지!
내 꿈은 아침에 이를 닦아 주고 옷도
입혀 주는 기계를 만드는 거야.
내가 제일 좋아하는
음식은 스테이크야.

클라로

나는 카롤리네 클리커야.
1분 먼저 태어난, 클라로의 쌍둥이 누나지.
모두들 나를 '카로'라고 불러.
탐정단의 부대장을
맡고 있어.
난 춤추는 걸 좋아하고,
서커스 학원에 다니고,
그림 그리기를 좋아하고,
작은 책도 직접 만들어.
제일 좋아하는 건 초콜릿
아이스크림을 얹은 과일 샐러드야.

카로

우리랑 같이
사건을 해결하자!

출발해 볼까?

슈퍼 자전거
톰 터보

톰은 태양 전지를 충전해 주는 햇빛,
그리고 윤활유를 좋아해.
물은 싫어하지. 합선이 되기 때문이야.
누군가 톰을 멍텅구리 자전거라고 부른다면
그 사람은 곤란해질 거야!

토스터

컴퓨터

만능 도구 상자

톰에게는 **111가지 능력**이
입력되어 있어.
　예를 들면 이런 걸 할 수 있지.
　미니 피자 굽기, 아이스크림 만들기,
　연처럼 날기, 배처럼 헤엄치기,
　수색 레이저 광선 쏘기, 종이처럼 납작해지기!

조심!

톰은 비행 기술도
사용할 수 있어.

톰 터보와 사라진 급행 마차

1판 1쇄 인쇄 | 2024. 11. 27.
1판 1쇄 발행 | 2024. 12. 17.

토마스 브레치나 글 | 기니 노이뮐러 그림 | 전은경 옮김

발행처 김영사 | **발행인** 박강휘
편집 김지아 | **디자인** 홍윤정 | **마케팅** 이철주 | **홍보** 조은우, 육소연
등록번호 제 406-2003-036호 | **등록일자** 1979. 5. 17.
주소 경기도 파주시 문발로 197(우 10881)
전화 마케팅부 031-955-3100 | 편집부 031-955-3113-20 | 팩스 031-955-3111

값은 표지에 있습니다.
ISBN 978-89-349-3390-8 73850

좋은 독자가 좋은 책을 만듭니다. 김영사는 독자 여러분의 의견에 항상 귀 기울이고 있습니다.
전자우편 book@gimmyoung.com | 홈페이지 www.gimmyoung.com

|어린이제품 안전특별법에 의한 표시사항| 제품명 도서 제조년월일 2024년 12월 17일
제조사명 김영사 주소 10881 경기도 파주시 문발로 197 전화번호 031-955-3100 제조국명 대한민국
사용 연령 8세 이상 ⚠주의 책 모서리에 찍히거나 책장에 베이지 않게 조심하세요.

슈퍼 자전거
톰 터보와
사라진 급행 마차

토마스 브레치나 글

기니 노이뮐러 그림 | 전은경 옮김

주니어김영사

차례

습격

　톰 터보는 클라로, 카로와 함께 금광 마을로 꾸민 놀이동산에 찾아왔어. 그곳에는 카우보이와 마차, 진짜 조랑말들도 있었지. 카로는 한 조랑말을 쓰다듬으며 치즈 한 조각을 내밀었어. 조랑말은 부드러운 입술로 맛있는 군것질거리를 낚아채서 잠시 씹더니 더 달라는 듯 코로 카로를 슬쩍 밀었어. 저런, 그런데 검은 강도 떼가 숨어 있지 뭐야. 톰 터보의 경보 장치도 강도 떼를 알아채지 못했어.

"안 돼. 다른 조랑말들도 좀 먹어야지."

카로가 웃으며 대답했어.

카로를 본 보안관이 미소를 지었어.

"치즈를 좋아하는 조랑말을 예전에 본 적 있니?"

카로가 고개를 가로젓자 보안관이 말했어.

"이 조랑말들은 강아지처럼 막대기를 물어올 수도 있단다.
노래하듯이 높고 낮은음을 번갈아 가며 힝힝거릴 수도 있고
말이야."

카로는 감탄하며 조랑말 두 마리를 동시에 쓰다듬었어.

"샘이 조랑말과 마차를 우리 도시에 기증했지."

몇 걸음 떨어진 곳에서는 클라로가 조랑말들 뒤에 묶여 있는 마차를 구경하고 있었어. 마차는 진초록 칠에 반짝이는 황동으로 장식돼 있었어.

마차 지붕에는 상자와 여행가방 여러 개가 밧줄로 고정되어 있었지. 톰 터보는 라디오 안테나로 상자와 가방을 가리키며 물었어.

"저 안에 뭐가 들었어?"

"소포랑 편지 그리고 돈과 금. 너는 지금 그 유명한 급행 마차 앞에 서 있는 거야. 이 마차는 황량한 서부 개척지에서 이 도시, 저 도시로 사람과 우편물, 심지어 값비싼 물건도 운송했어."

"대장도 이런 마차를 한 번 타 보고 싶어?"

톰이 묻자 클라로는 생각에 잠겨 고개를 갸우뚱거렸어.

"재밌겠지만 글쎄, 너와는 달리 쿠션이 좋지 않아. 틀림없이 마구 흔들려서 엉덩이에 **퍼런** 멍이 많이 들 테지."

그 말에 톰이 웃음을 터뜨렸어.

바로 그때 누군가 말을 타고 모퉁이를 돌아 나타났어.

　　검은 말을 탄 네 명의 남자들이었지. 붉은 수건으로 얼굴을
가린 그들이 요란하게 고함을 질렀어.

　　"비켜. 물러서!"

　　조랑말들이 놀라서 울었어. 제일 앞에 있던 두 마리의 말은
몸을 벌떡 일으켜 뒷다리로 서기까지 했어. 남자 한 명이 말
에서 급행 마차로 휙 옮겨타고는 고삐를 잡고 소리쳤어.

　　"이랴! 달려라! 달려!"

　　조랑말들은 달렸어. 마차가 크게 흔들리며 출발했지. 시내
은행에서 작은 남자가 뛰어나와 고함을 질렀어.
　　"강도 떼 잡아라! 마차 위 가방들 중에 금을 찾는 사람들이
내게 맡긴 보물이 들어 있어요."
　　"추격 기어를 넣어야겠어!"
　　톰이 흥분해서 그르렁거리며 쏜살같이 달려갔어. 톰 뒤로
엄청난 먼지구름이 일어났지. 급행 마차는 이미 시내를 한
참 벗어났어.

터보 올가미

울퉁불퉁한 길이 휘어지더니 거친 바위 뒤로 사라졌어. 급행 마차가 더는 보이지 않자 톰은 고속 기어를 넣었어. 하지만 도로에 깊이 파인 구멍에 앞바퀴가 빠지는 바람에 톰은 두 번이나 공중제비를 넘었지. 안장과 핸들부터 바닥에 떨어지면서 요란한 소리가 났어.

"구출 작전, 실시!"

톰이 소리쳤어. 곧 거미처럼 긴 금속 다리가 펼쳐지더니 톰이 일어설 수 있게 도와줬어. 몇 군데가 찌그러지고 긁혔지만 말이야.

세상에서 제일 멋진 자전거는 갑자기 말발굽 소리를 들었
어. 금광 마을 쪽에서 어떤 사람이 말을 타고 전속력으로 달
려오고 있었지.

"보안관이구나. 강도 떼를 추격하는 중인가 봐."

톰 터보가 터보 망원경을 보고 중얼거렸어. 그런데 이상한
일이 벌어졌어. 보안관이 말에서 내려서는 풀이 우거진 곳으
로 말을 데리고 간 거야. 말이 풀을 뜯어 먹게 하고는 아주 느
긋하게 껌을 씹었지. 강도 떼는 잊어버린 사람처럼.

톰은 끔찍한 의혹이 솟구쳤어.

"어쩌면 보안관과 강도 떼가 한패인지도 몰라. 배후에 어떤 일이 있는지 반드시 알아내야겠다."

바퀴가 비틀거리는데도 톰은 계속 굴러갔어. 드디어 마차가 사라진 바위에 도착했어. 바위를 돌아간 톰은 너무 놀라서 얼른 브레이크를 밟았어. 눈앞에 급행 마차가 서 있었거든. 강도 네 명이 마차에 **기대어**, 껌을 씹으며 농담하는 중이었지.

"어이, 거기 뭐야?"

그중 한 명이 톰에게 물었어.

다른 강도들도 모두 톰을 바라보았어.

"나는 세상에서 제일 멋진 자전거 톰 터보다! 이건 내 터보 올가미이고!"

톰이 말했어.

만능 도구 상자에서 갈색 밧줄이 튀어나와 허공에서 소용 돌이쳤어. 그러고는 번개처럼 남자들을 휘감아 묶어 머리가 네 개 달린 미라로 만들었어. 톰은 올가미 끝을 마차에 단단 하게 묶고서 의기양양하게 말했지.

"강도 떼 잡고, 금을 찾았음."

"이게 무슨 짓이야? 우리를 풀어 줘!"

톰은 그럴 생각이 전혀 없었어. 조랑말들이 모는 급행 마차 와 함께 다시 금광 마을로 향했어. 묶인 강도 떼는 빨리 걸을 수 없어서 마을에 도착하기까지는 꽤 걸렸어. 톰이 마을에 도 착했을 때, 놀라운 일이 기다리고 있었어.

또 한 번의 습격

　큰길에 많은 사람이 모여 있었어. 제일 앞에 카로와 클라로 그리고 그 옆에 보안관이 서 있었지. 보안관은 손을 양 옆구리에 올린 채 화가 나서 톰 터보를 쏘아봤어. 톰은 급행 마차와 강도 떼, 말을 넘기면서 자랑스럽게 라디오 안테나를 쭉 뻗었어.

　"너희 자전거냐?"

　보안관이 카로와 클라로에게 묻자 남매는 말없이 고개만 끄덕였어.

21

"너희는 여기서 사라지는 게 낫겠다!"

보안관이 콧김을 훅훅 내뿜으며 말했어.

"난 그 이유를 알아요. 당신은 도둑들과 공범이에요. 하지만 다행히 내겐 터보 올가미가 하나 더 있어요!"

톰 터보는 소리치며 우울한 표정으로 그를 노려봤어. 곧이어 보안관도 부츠에서 턱 끝까지 꽁꽁 묶였어. 둘러서 있던 사람들이 웃음을 터뜨렸어.

"이제 참을 만큼 참았다! 당장 금광 마을을 떠나라."

보안관은 화가 나서 펄펄 뛰었지.

사람들은 점점 더 크게 웃었어. 그제야 톰은 뭔가 이상하다는 사실을 눈치챘어.

카로가 당혹스러운 표정으로 눈을 흘기며 말했어.

"톰, 그건 진짜 습격이 아니었어. 우린 지금 놀이동산에 있잖아. 여기서는 모든 것이 연극이야. 보안관도, 강도들도."

당황한 톰은 안테나를 축 **늘어뜨리고** 중얼거렸어.

"망했다. 미안해."

묶여 있던 남자들은 얼굴이 새빨개지고 더욱 화가 났어.

"너희를 더는 보고 싶지 않다. 놀이동산에서 나가라!"

보안관이 새된 목소리로 고함을 질렀어.

톰은 남자들을 풀어 주고 출구로 구슬프게 굴러갔어. 카로
와 클라로가 앞장서서 걸어갔어. 고개를 푹 숙인 둘은 화가
많이 나 있었어.

안녕히 가세요

"강에서 사금을 씻고 싶었는데. 금광도 못 가 봤단 말이야."

클라로가 툴툴거렸어.

"넌 왜 매번 그렇게 잘난 척이야?"

클라로가 톰에게 으르렁거렸어.

"대장, 나는 그게 연극이었다는 걸 몰랐어."

톰이 사과했어.

세 친구가 놀이동산 출구에 도착했을 때, 갑자기 톰의 위험 탐지기가 울렸어. 또 말을 탄 사람들이 나타나서 급행 마차를 습격한 거야. 하지만 이번에 강도는 두 명뿐이었어.

톰은 어리둥절했어. 첫 번째 습격 때는 조용했던 위험 탐지기가 왜 이번에는 **경고음을 울린** 걸까?

"너, 또 보안관 노릇 하기만 해봐! 그러면 다시는 윤활유를 안 줄 테다!"

카로가 톰을 협박했어.

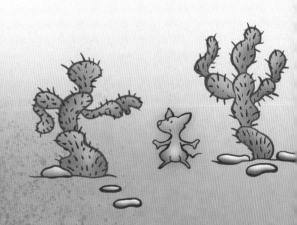

톰이 잡았던 강도 떼와 비교해 보세요. 이번의 두 강도는 어떤 점이 다른가요?

"왜 또 급행 마차를 습격했지?"

톰이 묻자 클라로가 설명했어.

"매시긴 반복되는 프로그램이니까."

톰은 터보 망원경으로 두 강도를 봤어. 그 전의 다른 네 명과 똑같아 보였지.

하지만 뭔가 한 가지가 달라 보였어.

"저 둘은 뭔가 좀 달라!"

납치

톰은 브레이크를 밟고는 다급하게 몸을 돌렸어. 바퀴 아래에서 모래가 버스럭거렸어.

"당장 이리 와!"

클라로가 명령했지만 흥분한 톰 터보는 대답했어.

"대장, 두 강도는 권총을 차고 있어. 진짜 권총 말이야!"

"착각한 거야."

카로가 확신에 차서 말하자 톰 터보가 반박했어.

"착각이 아니라고!"

"몇 분 후에 보안관이 급행 마차를 몰고 다시 올 거야. 그러니 넌 가만히 있어!"

클라로가 톰이 허락도 없이 달려가지 못하게 핸들을 꽉 움켜쥐었어.

세 친구는 그렇게 기다렸어.

기다리고 또 기다렸어.

하지만 급행 열차는 나타나지 않았어. 잠시 후 보안관이 말
을 타고 세 친구가 있는 곳 가까이에 오더니 멈추고 밤색 말
을 묶었어.

"급행 마차가 납치당했다네!"

세 친구는 보안관이 흥분해서
다른 남자에게 하는 말을 들었어.

27

"그럴 줄 알았어!"

톰도 흥분해서 그르렁거렸어.

"그런데 왜 급행 마차를 훔쳤을까? 지붕 위의 상자들은 텅 비어 있어. 돈이 들어 있지 않다고."

카로의 질문에 클라로가 대답했어.

"어쩌면 급행 마차를 훔쳐서 그 값을 요구하려는 걸지도 몰라."

카로는 조랑말들이 불쌍했어. 그 불쌍한 동물들은 뭔가 이상하다는 걸 느끼고 겁에 질려 있을 테니까.

톰 터보는 마차를 찾으려고 터보 수직 이착륙 기술을 **작동해** 로켓처럼 공중으로 솟아올랐어. 카로와 클라로는 초조한 마음으로 하늘을 쳐다봤지. 톰 터보는 그저 오렌지색 점처럼 보였어. 잠시 후 톰은 두 친구 옆에 착륙했어.

"급행 마차가 어디 있는지 알아냈어?"

남매가 톰에게 물었어.

톰은 머리를 설레설레 저었어.

"전혀 안 보여."

카로는 침을 꿀꺽 삼켰어.

"납치범들은 틀림없이 아주 빨리 달리라며 채찍으로 조랑말을 때렸을 거야. 이제 급행 마차는 너무 멀리 가 버렸을 테지."

클라로는 당황해서 말했어.

"톰, 좀 전에 우리가 너무 못되게 굴어서 미안해."

톰 터보가 히죽 웃으며 대답했어.

"윤활유 한 캔만 더 주면 용서해 줄게."

잠시 후 카로와 클라로는 결정을 내렸어.

"우리가 급행 마차를 찾아서 다시 가져와야 해."

"내가 공중에서 주변 사진을 찍었어."

톰이 말하고는 촬영한 사진을
컴퓨터 모니터로 보여 줬어.
남매는 생각에 잠긴 채
사진을 자세히 살펴봤지.

31

숨겨진 보물 지도

카로가 제일 먼저 뭔가 발견했어.

"마차 바퀴 흔적이 있어! 흔적이 도로에서 초원을 거쳐 강으로 이어져. 어쩌면 마차를 헛간에 숨겼는지도 몰라."

"내가 가서 살펴볼게."

톰이 말했어.

"우리도 같이 가!"

남매는 톰 터보가 미처 반박하기도 전에 톰 터보 안장에 올라앉아 페달을 밟았어. 헛간에 가까이 다가갈수록 톰은 점점 더 천천히 움직였어. 강도들이 가지고 있던 총이 계속 떠올랐거든. 톰은 그 총이 정말 무서웠어. 무엇보다도 카로와 클라로를 지켜야 하니까 말이야.

헛간에서 높고 낮게 우는 소리가 들려왔어.

"조랑말들이야. 힝힝거리는 소리가 들린다고."

카로가 흥분해서 소곤거렸어.

"자, 이제 돌아가서 우리가 본 것을 알리자."

톰이 나지막하게 말했어. 바로 그때 문이 벌컥 열렸어. 톰이 순식간에 공중으로 솟구치는 바람에 카로와 클라로는 톰을 꽉 붙잡았어. 하마터면 둘 다 안장에서 미끄러질 뻔했지.

톰은 헛간 지붕에 부드럽게 착륙한 후에 설명했어.

"강도들이 우리를 보면 안 돼."

아래에서 말발굽이 울렸어. 강도들이 요란하게 **소리를 지르며** 헛간에서 조랑말들을 몰아냈지.

"꺼져, 이 멍청한 바보들아!"

강도들이 다시 고함을 질렀어.

한 명이 낮고 쉰 목소리로 말했어.

"해리, 이제 뭘 하지?"

"빌리, 마차를…… 부수자……. 내 생각에…… 늙은…… 샘이…… 분명히…… 마차 안에…… 보물 지도를…… 감췄을 거야……."

해리가 말한 뒤, 헛간 문이 다시 닫혔어.

헛간에서 나무가 부서지고 쪼
개지는 듯한 끔찍한 소리가 들렸
어. 두 남자가 도끼로 마차를 잘게
부수는 것 같았지.

카로는 걱정스러운 표정으로 조랑말들의 뒷모습을 바라보
았어. 말들은 귀신이 쫓아오기라도 하는 듯 마른 초원을 달려
갔어.

"우리가 조랑말을 잡아야 해. 안 그러면 길을 잃어버릴 거
야."

카로가 말했어.

헛간에서 해리와 빌리의 화난 목소리가 울려 퍼졌어.

"보물 지도가 없어!"

톰은 우아하게 지붕에서 뛰어내려 문 앞에 섰지.

뚝! 딱! 소리가 연달아 일곱 번이나 들렸어.

"못을 박아 문을 잠갔어. 강도들은 이제 도망치지 못해."

톰이 터보 고속 기어를 넣으려고 하자 카로가 말했어.

"조심해. 조랑말은 너도 무서워해. 네가 자기를 잡는 줄 알고 더 빨리 도망칠 거야."

"얘들아, 나를 꽉 잡고, 지금부터 내가 뭘 하더라도 놀라지 마."

톰이 친구들에게 경고했어. 그러고는 날개를 펼치고 굴러가다가 이륙했지. 달리는 조랑말들 머리 위로 거의 소리도 내지 않고 날아가 그들 앞쪽의 한참 떨어진 곳에 착륙했어. 톰 터보는 얼른 조랑말들을 향해 몸을 돌렸지.

잠시 후 카로와 클라로는 깜짝 놀랐어.

조랑말 잡기 기술

톰의 핸들 쪽에서 두 개의 뾰족한 조랑말 귀가 자라났어. 진공청소기는 길어져서 조랑말의 코처럼 보였지.

조랑말들이 달리는 속도를 늦추더니 톰에게서 몇 걸음 떨어진 곳에 멈춰 섰어. 그러고는 호기심 어린 얼굴로 이 기묘하게 생긴 조랑말을 살펴봤어. 그때 막 깎아서 잘라놓은 사과 냄새가 풍겨왔어. 카로와 클라로의 입안에 침이 고였어.

조랑말들도 더 가까이 다가오더니, 톰이 사과를 어디에 숨겼는지 알아내려고 냄새를 킁킁 맡았어. 톰이 속임수로 사과 향기를 만들었던 거야.

톰 터보는 방향을 틀어 굴러가기 시작했어. 뒤를 돌아본 카로와 클라로는 무척 놀랐어. 얼룩무늬 조랑말 여섯 마리가 톰의 뒤를 터덜터덜 따라오고 있었으니까. 싱싱한 사과 향기가 너무나 유혹적이었거든.

아주 가까운 곳에 물오른 풀이 가득한 초원이 있었어. 마침 이날 따라 소가 한 마리도 없었어. 톰은 조랑말들을 그곳으로 데려갔어. 조랑말들이 바로 풀을 뜯기 시작했어. 사과 향기 때문에 배가 고파진 듯했지. 풀을 뜯으면서 조랑말들은 길게 한 줄로 늘어섰는데, 우연인지 키 순서대로였어. 그러고는 차례로 힝힝거렸지.

클라로는 깜짝 놀랐어.

"힝힝거리는 소리가 피아노 음계처럼 들리네."

그때 갑자기 톰이 아무런 이유도 없이 **공중으로** 이륙했어.

"왜 그래? 조랑말들을 놀라게 하지 마."

남매가 외쳤어.

"미안."

다시 착륙한 톰이 당황해하며 대답했어.

"사고가 났을 때 몇 가지 기술에 소소한 문제가 생긴 것 같아. 하지만 그래서 무척 기쁘다."

카로와 클라로가 놀라서 톰을 빤히 바라봤어.

"기쁘다니, 뭐가?"

"공중에서 뭔가 발견했거든."

톰이 설명했어.

톰은 이번에 찍은 사진을 친구들에게 보여 줬어.

거친 승마

"조랑말들의 가죽에 있는 무늬가 이 주변의 지도야."

놀란 카로가 말했어.

"맞아. 커다란 X는 아주 특별한 위치를 표시한 거야."

톰이 덧붙였지.

"거기에 보물이 있나 봐."

클라로가 중얼거렸어. 곧이어 톰의 만능 도구 상자에서 딸깍, 지이잉 소리가 울리더니 좁은 틈새로 종이 한 장이 나왔어.

"내가 조랑말 지도를 인쇄했어."

클라로는 헛간에서 남자들이 보물을 찾고 있다는 걸 떠올렸어.

"이제 어떻게 하지?"

카로가 물었어.

"일단 지도를 이리 내놔."

뒤에서 낮고 쉰 목소리가 들려왔어. 세 친구는 기절할 듯 놀라서 몸을 돌렸어. 두 강도가 다리를 쩍 벌린 채 서 있었어. 눈이 사악하고 싸늘하게 **번쩍**거렸어. 카로는 떨면서 지도를 빌리에게 건넸어.

"이…… 어린…… 망나니들을……
이제…… 어떻게 하지?"
해리가 나지막하게 물었어.
"자, 올라타!"
빌리가 명령하며 턱으로 조랑말들을 가리켰어. 남매는 달
리 어쩔 도리가 없었어. 강도들은 총을 가지고 있었으니까.
톰조차도 친구들을 도와줄 수 없었어.

　카로와 클라로는 조랑말의 등으로 옮겨 탔어. 무릎이 푸딩처럼 부들부들 떨렸지.

　"이리 와!"

　빌리가 톰에게 명령했어.

　톰은 그 말에 따라 빌리에게 갔어. 빌리는 주머니에서 번개처럼 수갑 두 개를 꺼내 톰의 앞뒤 바퀴에 잠금 고리처럼 채웠어. 이제 슈퍼 자전거는 앞으로도, 뒤로도 움직일 수 없었어. 해리가 막대기를 들고 마구 휘저어대면서 조랑말들을 문밖으로 내보냈어.

　카로는 조랑말 갈기를 필사적으로 움켜쥐었어. 클라로는 더 필사적으로 누나에게 매달렸어. 다행히 카로는 승마를 잘해서 조랑말 등 위에서도 균형을 잘 잡을 수 있었어. 그래도 남매는 심하게 흔들렸지.

두 강도는 낄낄대며 말에 올라타 그곳을 떠났어.

톰은 친구들을 도우려고 이리저리 움직여 봤어. 만에 하나 조랑말에서 **떨어져** 다치면 절대로 안 되니까 말이야.

톰은 111가지 기술을 자세히 훑었지만, 수갑을 열 수 없었어. 그러다가 줄을 하나 꺼내서 수갑을 풀려고 애썼어. 그 일에 너무나 열중한 나머지, 누군가 다가오는 것을 알아채지 못했지.

갑자기 목쉰 기침 소리가 들리자 톰은 화들짝 놀랐어. 뒤돌아보니 작업복을 입은 노인이 서 있었지. 흰 수염이 거의 배까지 오고, 머리에 낡은 중절모를 쓴 노인이었어.

"넌 도대체 누구냐?"

노인이 친근한 목소리로 재미있다는 듯이 물었어.

"저는 세상에서 제일 멋진 자전거, 톰 터보예요. 할아버지
는 누구세요?"

"나는 샘이란다."

노인이 대답했지. 그는 커다란 주머니칼을 꺼내 들고 톰에
게 다가왔어.

44

샘의 이야기

"저리 가세요. 왜 이러세요?"

"흥분하지 마라. 너를 도와주려는 거니까."

샘이 주머니칼에 달린 가느다란 고리를 펴서 노련하게 수갑을 풀었어.

"고맙습니다!"

톰이 갸릉거리며 자유롭게 앞뒤로 바퀴를 굴렸어.

"그런데 제 친구들을 빨리 도와야 해요. 조랑말이 친구들을 태우고 어딘가를 돌아다니고 있어요."

"금방 돌아올 거야!"

샘이 이렇게 말하고는 손가락 세 개를 입에 넣고 휘파람을 불었어. 얼마 지나지 않아, 카로와 클라로를 태운 조랑말까지 포함하여 모든 조랑말이 **전속력으로** 달려왔어. 세 친구는 마구 흥분한 채 그동안 일어난 일을 샘에게 모두 이야기했어.

"강노 놈들."

"그 남자들을 아세요?"

클라로가 놀라서 물었어.

45

"따라오너라. 나는 이 근처에 사는데, 맛있는 아이스티가 있단다."

샘이 셋을 초대했어.

세 친구는 조랑말들과 함께 샘의 농장으로 향했어. 농장은 걸어서 얼마 멀지 않은 곳에 있었지. 집과 마구간, 물 펌프를 작동시키는 커다란 풍차, 초원으로 구성되어 있었어.

카로와 클라로는 곧 농장이 너무 조용하다는 사실을 깨달 았어. 바람 소리만 들려왔지.

"여긴 동물들이 없나요?"

카로가 물었어.

샘이 구슬픈 표정으로 고개를 끄덕였어. 그가 아이스티와 컵, 톰을 위한 작은 윤활유 캔을 가지고 나왔어. 그러고는 베란다 흔들의자에 앉아 이야기를 시작했지.

"내게는 아들이 두 명 있단다. 지미와 새미이지. 하지만 오래전에 아이들과 다투었어. 다시는 안 볼 작정이었지."

샘이 깊은 한숨을 내쉬었어.

"지미와 새미는 집을 떠났단다. 그 후로 두 아이에 대해 아무것도 듣지 못했어. 그런데 몇 주 전에 수염이 난 두 남자가 나타나서는 자기들이 지미와 새미라고 하더구나. 하지만 나는 그 말을 믿지 않았어. 내 의심이 옳았단다. 그들은 사기꾼이었어. 둘은 내 아들들을 어떤 도시에서 만나, 내 이야기를 듣고 내 재산을 훔치려고 여기에 온 거란다.

　무엇보다도 그들은 내가 광산에서 발견한 금을 어디에 숨겼는지 알고 싶어 했어. 나는 당연히 말하지 않았어. 그들은 **화가 나서** 나를 위협했지. 그래서 지도를 마차에 숨겼다고 말했단다.”

　샘은 구슬픈 눈빛으로 산을 바라봤어.

　“그런데 마차와 조랑말들을 왜 금광 마을에 기증하셨어요?”

　클라로가 물었지.

　“허리기 아파서 그랬단다. 몸을 수일 수 없어서 조랑말을 돌보지 못하거든.”

　샘은 얼른 눈에서 눈물을 훔쳤어.

　“소와 닭과 돼지들도 다른 사람들에게 주어야 했지. 이제 농장에는 나밖에 없어.”

"지금 두 강도는 할아버지 보물을 훔치는 중이겠네요."

톰 터보가 말했어.

"틀림없이 이미 찾아내서 사라졌을 거야. 그 금은 내 두 아들을 위한 거란다. 조랑말들 등에 있는 보물 지도는 금을 안전하게 숨기려고 생각해 낸 방법이야."

톰 터보는 할아버지를 도와야겠다고 생각했어.

"샘 할아버지, 금을 숨긴 장소를 자세히 설명해 보세요. 제가 **날아가서** 금을 찾아올게요!"

샘은 톰에게 산에 있는 그 장소를 알려줬어.

"우리도 같이 갈게."

카로와 클라로가 말했어.

톰 터보는 완강하게 반대했지만, 남매는 톰이 허락할 때까지 계속 애원했지.

"그 전에 내가 해야 할 일이 있어."

톰이 말하고 몇 걸음 굴러가더니 누군가와 무전을 했어. 누구와 교신하는 걸까? 다시 돌아온 톰에게 남매가 물어봤지만, 톰은 알려주지 않았어.

톰은 산을 향해 날아갔어. 서늘한 바람이 귓가를 스쳤지. 두리번거리면서 산의 절벽 너머를 훑어봤어.

"하늘을 쳐다보며 누워 있는 얼굴처럼 보이는 바위를 찾아
야 해."

톰이 친구들에게 말했어.

오래된 금광

톰과 카로, 클라로는 얼굴 바위를 거의 동시에 발견했어.

윙윙거리는 바람에 맞서서 톰이 소리쳤지.

"등반 장비가 없으면 강도들은 여기까지 못 올라올 거야. 내가 금을 가지고 올게. 그런 다음, 샘 할아버지에게 돌아가자."

톰 터보는 바위에 착륙했어. 그들 위쪽에 있는 얼굴 바위는 높이 솟아 있었지.

산이 무척 높아 카로와 클라로는 몸이 **덜덜 떨렸어.**

톰이 만능 도구 상자에서 방수포를 꺼내 주자 남매는 그걸로 몸을 둘둘 감았어.

"금방 돌아올게."

톰이 약속했어.

카로와 클라로도 함께 가려고 했지만 톰이 거절했어.

"혼자 다녀오는 게 더 빨라. 너희는 여기서 기다려."

조금 전에 샘은 금이 있는 곳을 톰에게 자세히 설명했었어.
돌 얼굴의 콧구멍은 옛날 금광의 입구였어. 톰은 콧구멍으로
이어지는 좁은 길을 올라가려고 가장 강력한 기어를 넣었지.
잠시 후, 톰은 광산 입구를 지나 어둠 속으로 굴러 들어갔어.

남매는 기다리고 또 기다렸어. 바람이 점점 더 강하고 시끄럽게 휘파람 소리를 내며 불어댔지. 작은 돌들이 산꼭대기에서 굴러 내려왔고, 독수리들이 남매의 머리 위쪽에서 맴돌고 있었어.

"여기를 벗어나면 좋겠다."

카로가 중얼거렸어. 바로 그 순간, 클라로가 끔찍한 것을 발견했어.

"카로 누나, 저기 좀 봐!"

클라로가 저 멀리 산 아래에 있는, 잎사귀가 거의 없는 나무를 가리켰어.

"맙소사! 톰에게 얼른 알려야 해."

카로가 한숨을 내쉬었어.

그때 톰 터보는 조명등을 켠 채 낮은 갱도를 천천히 굴러가고 있었어. 두툼한 각목들이 낮은 통로를 지탱하고 있었지. 각목은 이따금 크고 소름 끼치는 **소리**를 냈어. 샘은 예전에 이 광산에서 돌을 캐다가 엄청난 금맥을 발견했어.

통로들은 마치 미로 같았어. 톰은 출구로 향하는 길을 표시하려고 하얀 분필로 암벽에 선을 그었어. 분필이 금세 다 떨어지자, 넓은 갈림길에 스패너를 하나 내려놓았지.

톰은 긴 통로 끝에서 바위 구멍을 발견했어. 구멍은 작은 돌멩이로 막혀 있었어. 톰이 돌멩이를 치우자 금덩이들이 들어 있는 주머니가 모습을 드러냈어.

그 갈색 천 주머니는 무척 무거웠어. 톰은 집게 팔로 주머
니를 집어서 만능 도구 상자에 넣었어. 그런 다음에 돌아서서
출구를 향해 출발했어. 그러나 얼마 못 가 톰은 암벽에서 춤
추듯 흔들리는 불빛을 발견했어. 곧이어 수염투성이 두 강도
가 의기양양하게 낄낄거리며 옆쪽 갱도에서 모습을 드러냈
어. 톰을 본 그들의 눈빛이 번쩍거렸지.

유령

"멍텅구리 자전거! 네 녀석이 벌써 금을 찾았지?"
빌리가 소리쳤어.
"아무도 톰 터보를 멍텅구리라고 부르면 안 돼."
톰이 으르렁거렸어. 그리고는 터보 고속 기어를 넣고 두 강
도를 쏜살같이 지나가려고 했어. 하지만 해리가
불타는 햇불을 톰 터보의
앞바퀴 살 사이에
찔러 넣는 바람에,
톰은 삐걱거리는
소리를 내며 그 자리
에서 움직일 수 없었어.

59

"금 이리 내놔!"

강도들이 명령했어. 그들이 위협하며 망치와 곡괭이를 꺼냈어. 톰은 그들이 금을 빼앗으려고 자기를 부술 거라고 생각했지. 하지만 그들에게 절대로 금을 내줄 수 없었어. 그건 늙은 샘의 것이었으니까.

톰 터보의 비디오 눈 덮개가 공중으로 치솟았어. 톰의 시선이 강도들을 지나쳐 갱도의 다른 쪽 끝을 향했어.

"유…… 유령이다."

톰이 속삭였어.

해리와 빌리가 히죽거렸어.

"그런 고리타분한 속임수에 우리는 절대 넘어가지 않아."

"으으아아아아아아!"

그들 뒤에서 소름 끼치는 비명이 울려 퍼졌어. 뒤로 돌아선 강도들은 기절할 듯 놀랐지. 어둠 속에서 두둥실 뜬 유령이 그들에게 다가오고 있었어. 유령을 피하려던 강도들은 톰이 내민 집게 팔에 걸려서 비틀거렸어. 잠시 후 뒤로 넘어지면서 바위에 머리를 세게 부딪쳤지. 그들은 낮게 신음하며 의식을 잃고 말았어.

유령은 다름 아닌 방수포로 몸을 휘감은, 카로와 클라로였어. 클라로는 톰의 바퀴에서 잽싸게 횃불을 치웠어.

"얼른 여기서 나가자! 대장, 얼른."

자전거가 그르렁거렸어.

남매가 달리기 시작하고, 톰이 고속 기어를 넣고 그 뒤를 따랐어. 몇 걸음 가지 않아 셋은 넓은 갈림길에 도착했어.

이제 탐정단은 어떤 통로로 가야 할까? 어디로 가야 출구가 나오지?

여러분은 어떤 통로를
선택할 건가요?

클라로는 오른쪽 통로 바닥에서 터보 스패너를 발견했어.

셋은 숨을 헐떡이며 드디어 광산 출구에 도착했어. 하지만 뒤에서 이미 해리와 빌리의 섬뜩한 고함이 들려왔어. 다시 의식을 찾은 두 사람이 톰 터보와 탐정단을 뒤쫓아온 거야.

"대장, 부대장. 왜 나를 따라왔어?"

톰이 물었어.

"우리가 강도들의 말을 발견했으니까. 나무에 묶어 뒀더라."

카로가 설명했어. 그러고는 곧 좋은 생각을 떠올렸지.

"톰, 나는 승마를 잘해. 내가 말을 타고, 다른 한 마리를 끌고 갈게. 너는 클라로와 함께 계곡으로 날아가. 우리, 아래에서 다시 만나자. 말이 없으면 강도들이 우리를 추격할 수 없어."

톰 터보가 뭐라고 반박하기도 전에 카로는 이미 달려갔어. 화가 난 해리와 빌리는 씩씩거리며 금광에서 달려 나왔어. 톰이 저 멀리에서 그저 노란 점으로만 보이자 화가 나서 폭발할 지경이었지. 게다가 말도 사라지고 없었거든.

"이제 우린 걸어가야 해!"

빌리가 한숨을 내쉬었어.

"무엇보다도…… 바보 같은 자전거를…… 붙잡아서……
금을…… 빼앗아야 해!"

해리도 더듬거리며 말했지.

해리는 한 번 작정한 일을 반드시 하는 사람이었어.
그는 말을 더듬긴 했지만, 전국적으로 수배가 내려
진 위험한 강도였어.

새로운 조랑말 마차

톰 터보는 산 아래 풀밭에 착륙했어. 그의 경보 장치가 경고음을 울렸어. 수많은 기술에 문제가 생기고, 엔진이 과열되고, 컴퓨터 세 군데에 합선이 일어났어. 말발굽 소리와 함께 카로가 말을 타고 다가왔어.

멀리서 강도들의 고함도 들려왔어.

"얼른 가자! 저 둘을 더는 만나고 싶지 않아."

클라로가 재촉하자 톰도 동의했어.

"부대장, 내 안장에 올라와. 여기가 더 안전해."

하지만 카로는 망설였어.

"톰, 난 잘 모르겠는데……."

"얼른!"

자전거가 애원하자 카로는 말에서 내려 톰에게 다가갔어. 산에서 총소리가 들렸어. 그 메아리가 계곡 사방으로 울려 퍼졌지. 그 소리에 말들이 놀라서 도망쳤어.

　카로가 톰에게 올라타자 클라로가 페달을 밟았어. 그때 톰의 내부에서 크게 버스럭거리는 소리가 들리더니 냄새가 고약한 연기구름이 엔진에서 솟구쳐 올랐어. 곧이어 페달이 제 징신을 잃어버렸는지, 세상에서 제일 멋진 자전거는 그 자리에서 꼼짝도 못 하게 됐지.

　"고장! 엔진이 완전히 고장이야!"

　톰이 기절할 듯 놀라서 소리쳤어.

　클라로가 돌아보니, 추격자들은 얼굴 바위의 콧구멍 근처에 있었어. 그들은 톰을 가리키며 권총을 마구 휘둘렀어. 둘은 아직 멀리 떨어진 곳에 있었지만, 이제 곧 톰과 남매를 따라잡게 될 거야.

"빨리 출발해야 해! 서둘러!"

클라로가 소리쳤어.

"대장, 그럴 수 없어."

톰이 절망하여 한숨을 쉬자 카로가 물었어.

"전혀 움직이지 못해?"

"새 엔진이 필요해."

톰의 대답에 카로에게 좋은 생각이 떠올랐어.

"톰, 너 샘 할아버지가 조랑말들을 부를 때 낸 휘파람 소리를 저장해 뒀어?"

톰은 감탄하며 따르릉따르릉 벨을 울렸어.

"당연하지."

"그럼 최대한 크게 불어 봐!"

톰은 긴 막대기에 확성기를 달아 쭉 뻗었어. 곧 날카로운
휘파람 소리가 계곡에 **울려 퍼졌지.**

카로는 만능 도구 상자에서 톰이 가지고 있던 밧줄을 모두
꺼내서 노련하게 엮었어. 조랑말들이 요란한 발굽 소리를 내
며 달려왔어. 그러고는 톰과 두 친구를 호기심 어린 표정으로
바라봤어. 카로는 조랑말을 두 마리씩 톰 앞에 세우고 밧줄로
연결했어. 밧줄 끝은 톰의 핸들에 단단하게 묶었지.

"이제 너는 새 급행 마차야. 조랑말들이 너를 끌 거야."

카로가 설명하고 얼른 안장에 뛰어올랐어.

그때 해리와 빌리가 비탈을 내려오며 외쳤어.

"거기 서라!"

"출발! 이랴아아아!"

카로가 외쳤어.

69

조랑말들은 금방 알아듣고 달리기 시작했어. 마차에 비하면 톰은 깃털처럼 가벼워서 점점 더 빨리 달렸어. 뒤에 있던 강도들은 점점 더 작아지다가 나중에는 그저 검은 점처럼 보였지. 이 이상한 말 마차가 농장에 들어서자 샘은 깜짝 놀랐어. 톰은 그에게 금덩이들이 든 주머니를 자랑스럽게 건네주었어.

　　"톰, 고맙다. 정말 고마워!"

　　샘은 몇 번이나 인사했어.

　　"이 **금덩이들**은 언젠가 아들들을 만나면 줘야겠다."

　　"얼른 경찰을 부르세요! 강도들을 잡아야 해요!"

　　클라로가 그에게 소리쳤어.

보안관의 별

사흘 뒤에 도시에서 큰 축제가 열렸어. 현상 수배범 해리와 빌리가 체포되어 교도소에 들어가게 됐거든. 급행 마차도 다시 등장했어. 마차를 꼭 필요한 곳만 수리하긴 했지만 말이야. 새로운 마차가 완성되려면 시간이 좀 걸릴 예정이었지. 조랑말들은 그래도 개의치 않았어.

샘은 그 누구보다도 행복했어. 덜컹대는 화물차를 타고 두 남자가 그의 농장에 왔거든. 샘의 아들인 지미와 새미였어.

두 사람은 잘못을 저지른 학생들처럼 안절부절못했어.

"새미! 지미!"

샘이 소리쳤어. 그는 달려가서 두 아들을 꼭 안았어.

"내가 그때 화를 너무 많이 내서 미안하다. 부디 용서해다오."

"아니에요, 아빠. 우리가 아빠에게 못되게 굴었어요. 정말 죄송해요!"

두 아들이 사과했지.

"요즘도 아주 맛있는 아이스티를 만드시나요? 지금 큰 통을 다 마실 수 있을 것 같아요!"

지미가 말했어.

"그런데 너희, 왜 돌아왔니?"

두 아들이 집 베란다 의자에 앉았을 때 샘이 물었어.

"아버지가 우리더러 돌아오라고 하는 말을 라디오에서 들었으니까요!"

지미가 설명했어. 샘은 무슨 말인지 이해할 수 없어서 어리둥절한 표정을 지었어.

사실, 톰 터보가 라디오 방송국에 이 말을 방송해 달라고 부탁했거든. 톰은 자기 계획이 성공해서 무척 뿌듯했지.

샘과 두 아들은 화해했고, 지미는 당장 농장으로 돌아와서 살겠다고 했어. 그는 고향을 무척 그리워했으니까.

"우린 동물들을 다시 기를 거야. 나는 이제 혼자가 아니야."

샘이 환하게 웃으며 말했어. 그가 사랑하는 조랑말들도 농장으로 돌아왔어.

축제는 보안관의 별을 수여할 때 가장 달아올랐어. 보안관은 톰의 핸들에 별을 달아주며 말했어.

"너희들의 큰 도움에 감사한다! 네 친구들과 네가 우리 도시에 오면 언제라도 대환영이야."

조랑말들이 마치 동의한다는 듯이 흥겹게 힝힝거렸어.

카로와 클라로 그리고 톰 터보에게 정말 특별한 날이었어.

"안타깝게도 내 기술들이 아직 다 정상으로 돌아오지 않았어."

톰이 한숨을 내쉬었어.

"늦어도 다음 사건 때까지는 내가 모두 고쳐 놓을게."

클라로가 약속했어.

"대장, 좀 서둘러. 다음 사건이 내일 당장 일어날 수도 있잖아!"

톰이 웃으며 대답했어.

수수께끼 풀이

24-25쪽 이 강도들은 진짜야. 둘 다 권총을 차고 있어.

30-31쪽 급행 마차는 헛간에 있어. 자세히 보면 마차의 흔적이 보여.

38-39쪽 조랑말들이 옆으로 나란히 서면 등에 그려진 지도를 볼 수 있어. 한 곳에 X자 표시가 있지.

52-53쪽 바위에 턱과 입, 코와 눈의 형태가 또렷하게 드러나.

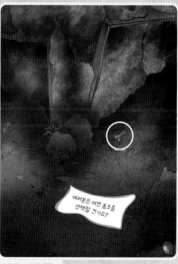

62-63쪽 톰은 갈림길에 '이정표'로 스패너를 내려놓았어. 카로와 클라로와 톰 터보는 이 통로를 따라갔어.

글 토마스 브레치나

토마스 브레치나는 빈과 런던을 오가며 살지. 550권이 넘는 책으로 전 세계 어린이와 청소년들에게 감동을 줬어. "독서는 그 자체만으로 모험이어야 한다"는 말은 토마스 브레치나의 좌우명이야.

그림 기니 노이밀러

1966년 빈에서 태어났어. 부모님의 말에 따르면, 태어날 때부터 이미 손에 색연필을 쥐고 있었다고 해. 평생 그림을 그렸지. 처음에는 종이 쪽지, 그 이후에는 노트 가장자리에. 고등학교를 졸업한 뒤 웹 디자이너 교육을 마치고, 90년대부터 그래픽 디자이너, 삽화가, 화가 등 프리랜서로 일했어. 무진장 멋진 자전거 톰 터보가 새로운 모습을 갖추게 해 주었지. 1995년에 결혼했고, 두 아이와 고양이가 있어. 취미는 요리로, 제일 좋아하는 건 '잼 만들기'야.

옮김 전은경

한국에서 역사를, 독일에서 고대 역사와 고전문헌학을 공부했어. 출판사와 박물관에서 일하다가 지금은 독일어 책을 번역하고 있어. 어린이와 청소년 책을 우리말로 옮길 때가 가장 즐겁대. 《커피 우유와 소보로빵》《꿈꾸는 책들의 미로》《인터넷이 끊어진 날》《바이러스 과학 수업》《동물들의 환경 회의》《뜨거운 지구를 구해 줘》《월드 익스프레스》, 〈데블 X의 수상한 책〉 시리즈, 《고양이 명탐정 윈스턴》《기숙 학교 아이들》《스무디 파라다이스에서 만나》 등을 우리말로 옮겼어. 단어가 막힐 때마다 반려 고양이 '마루'에게 물어봐. 그러니 모든 책이 사실은 공역이지.

톰 터보는 20년 전부터 아주 어려운 사건들을 쫓아다니면서 해결하는 중이야. 지금까지 40권이 넘는 책이 출간되고 400편이 넘는 텔레비전 시리즈가 방영됐지. 이 특별한 자전거는 이제 쉰브룬 동물원에 탐정 사무실도 가지고 있어. 사람들이 톰 터보를 위해 그곳에 윤활유 캔을 전해 주곤 한대.
이 시리즈를 쓴 **토마스 작가님**은 수백만 명의 독자들이 있는 중국에서 '모험의 대가'라고 불려. 작가님에게 <톰 터보> 시리즈에 대해 물어봤어.

 작가님, 톰 터보라는 아이디어는 어떻게 얻었나요?

여덟 살 때 나는 톰 터보 같은 자전거를 갖고 싶었어요. 무전기와 온갖 실용적인 도구들로 내 자전거를 무장했지요. 처음에는 아이들이 사건을 해결하는 범죄 소설을 쓰려고 했어요. 그러다가 내가 꿈꾸던 자전거가 다시 생각났고, 상상력을 발휘해 바퀴 달린 첫 번째 탐정, '톰'을 만들었지요.

 톰 터보라는 이름은 어떻게 생각해 냈어요?

처음에는 톰을 '톰 타이거'라고 부르려고 했어요. 그래서 이 책의 표지에는 호랑이처럼 줄무늬가 있지요. 하지만 이미 톰 타이거라는 이름의 만화 캐릭터가 있다는 말을 듣고서는 톰 터보라는 이름을 번개처럼 떠올렸어요. 이 이름이 훨씬 좋다고 생각했지요. 하지만 호랑이 줄무늬는 그대로 남겨 두었습니다.

 톰 터보와 텔레비전에 나오는 소감은 어떤가요?

오랜 세월이 흘렀지만 여전히 모험하는 기분이 들어요. 톰 터보가 달려오고 우리가 함께 카메라 앞에 설 때면 나는 흥분해서 소름이 돋는답니다. 쉰브룬 동물원의 탐정 사무실에 있으면 정말 편안해요. 수많은 어린이 탐정들이 우리 사건을 재미있어 하고, 수수께끼를 알아맞히는 게 좋아요.